凡海

令和俳句叢書

OOSHIAMA
MINAMI UMIO

南うみを句集

ふらんす堂

目次

句集　凡海

I

65句

芽起しのこゑのぼりゆく父祖の山

畦焼いてけものの如く服を嗅ぐ

上り簗打つて鴉の骸吊る

鮎苗に雪の匂ひのかすかなる

なめくぢの目鼻なく哭く涅槃変

くちなはの朽葉もたげて出るところ

伸びることうれしき春の蚯蚓かな

おしやべりはおしまひ雨のいぬふぐり

葱坊主いまだをのこのしるしほど
ひばり揚がる声がひかりに変はるまで

君嫁菜吾からし菜の握り飯

悼 藤本安騎生翁

深吉野の太き蕨を狩り残し

野を焼いて不思議な穴のあらはるる

風荒きさくらの樹なり虚子忌なり

熊ん蜂うなりて花を鷲づかみ

海苔掻の老斑にして岩を跳ぶ

魚嗅ぎし鼻を椿に押しつける

残花たどれば信長の焼きし寺

猪噴きし穴に花びら吹き溜まり

小鮎選る指生き生きとちまちまと

呑まれゆく蛙や脚を真つ直ぐに

からすのゑんどう聳ゆる五月来たりけり

竹皮を港は靄を脱ぎにけり

きゆつきゆつと鳴くきぬさやを袋詰め

赤腹が田螺の殻を蹴りすすむ

かつとりの鮎がもつとも跳ねてをり
※かつとりは簗の脇へ鮎を落として捕らえる窪み

溝浚へ泥がどぢやうにざりがにに

夏よもぎひよいと勉が顔を出し

一滴文庫

少年のための図書館今年竹

新じやがの小粒や蒸して味噌ぬつて

母の日のははの足あと田に深し

在五忌をきのふに蛍狩りにけり

草いきれ尽きたる闇が在五の墓

赤鱏を跨ぎて次の箱を躍る

仲買人飛魚の翅拡げもし

腹ばひの涼しさわれに羊らに

陰干しの下着のしづく十薬に

黒板に「鮎簗掃除午前四時」

かつとりの鮎濃く匂ふ土用かな

茗荷の子ちやんと真つ直ぐ出てきなさい

夜店の灯地べた座りの膝照らす

団塊と呼ばれトマトに塩を振る

歯ぎしりの如き詩が欲し蟬時雨

炎天へ原子炉ドーム白光す

熊蟬の尿降る八月十五日

ははに色あらば茗荷の花の色

蟷螂の貌を逆さに怒りけり

十六ささげ十六豇もて括る

すっぽんが来る溝蕎麦を踏みしだき

コンバイン様の残せし稲を刈る

ましら酒若狭丹後と舐め比べ

芒叢猪の匂ひの洩れきたる

檻罠のどおんどおんと十三夜

熟柿吸ひつくしたる嘴抜きにけり

帰心ふと芋の葉のみな深く裂け

生焼けの瓜がごろりと畑終ひ

かはらけのへらへら飛んで神の留守

綿虫の浮いて珈琲欲しくなる

推敲か日向ぼこかと問はれたる

蘆枯れて中洲に芥乗り上げて

雪吊のまづ雨粒を弾きけり

猪猟へ火をいつせいに踏みつぶす

猪撃ちの髭の凍つてをりにけり

猪担ぎくる耳当ての二三人

猪臭し猪引きずりし雪もまた

Ⅱ

金気水温む光琳模様なる

三月八日　次兄逝く

遺されて兄の蕪の茎立てる

花菜漬辛し兄焼く煙濃し

鱊来よ川底の石均しては

いさざ簗仕上げは大き石を乗せ

活いさざ嚙むやほのかに藻の匂ふ

襲はれし羽根蘆牙に散らばれる
紅梅の明かりに鯉のもみあへる

荒草の春のあられを撥ねどほし

父母の墓移転　二句

桜島おぼろに遠し骨移し

ひばり野の果に眠らせて貰ふ
一人だけ膝を崩さぬ虚子忌かな

花鳥にならむと雀もぐり込む

鰆てふ光の棒を提げ来たる

遠足の靴より砂が出るわ出るわ

早起きをせよと子燕鳴き呉るる

あめんぼう浮葉に脚を掛けもして

「風土」主宰を継承

朴若葉もつとも高き風を生み

枝にちよと籠ひつかけて実梅もぐ

茂りよりうかがふ眼あり匂ひあり

南瓜蔓はひ廻りゐる梅雨の底

箒十蚊遣十巻寺掃除

瀧祭　七句

瀧飛沫かかる祠へ生卵

注連縄にひとたび消えて滴れり

護摩行の僧を待ちわぶ円座かな

瀧風に折れて捩れて護摩けむり

護摩けむり身に擂りこんで瀧垢離へ
瀧垢離にいつさいの音の無かりけり

瀧垢離を終へたる足の浮くごとし

一木に蟬のひしめく原爆忌

かなかなのあれはたましひこする音

凛々とをののく雨のまんじゆさげ

ひと籠の摘まみ菜茹でてこんなもの
虫を喰ふやんまの顎がすぐそこに

苦瓜の垂れはうだいに逝かれけり

山羊は眼を豚は尻尾を秋風に

早稲咲くと鼻がむずむずしてきたる
深田刈る腰の藁束揺れどほし

片足を田に沈めつつ稲束ね

渡し板継いで深田の稲はこぶ

深田刈り終へたる顔の泥ぬぐふ

夕採りの火照る冬瓜こそ父へ

鬼嶽《大江山》の風の芒の太短か

穴惑そこは鬼棲む洞なるぞ

橡の実を晒し鬼棲む里に老ゆ
ひと振りに芋茎刈つたるしぶきかな

土塊を掘つて砕いて芋掴む
ほきほきと子芋孫芋はづしけり

髭ちよろと子芋何やらふぐりめく

柚子梯子掛けんと幹をひと巡り

いま落ちしくわりん園丁より貰ふ

綿虫にははげしき翅音ありにけり

野菜くづ花とちらして冬田かな

朴落葉流れ堰きつつ押されくる

きらきらと日向ぼこりの涎かな

木の葉飛ぶマクドナルドの紙も飛ぶ

膝掛をどうぞ水鳥観察所

浮かび出て小春の鳰と申しけり

浮寝鳥しぐるるたびに遠くなる

頭芋ごろりと盛つて果大師

歯朶刈るやこほりの雫うち払ひ

縁側に大歳の鍬寝かせけり

たこ焼を口に破魔矢の値踏みする

大根を抜きに三日の畦を踏む

牡蠣割のふり向きざまに手を焙る

牡蠣啜る殻を三途の石と積み

Ⅲ

61
句

新しき地下足袋に泥鳥雲に

朝日子に寝ぼけ眼のいぬふぐり

蕗の姥入江は光もて余し
春風の出で入る網を繕へり

堰の水ゆたかに濁り初つばめ

雲の子のつぎつぎ湧いて卒業す

三鬼忌の草餅めうにねばりつく

こそばいぞ蟻はひ歩くつくしんぼ

かすみとも霾ぐもりともあはうみは
にほどりの春の光を抜けられず

芥子和を教はりし

いたどりを嚙めば明史の来てゐたり

田明かりに食ぶ直会の草の餅

蕗の葉の吹かるる大原詣かな

春志の祝詞流るるみどりかな

手を引けば児の足浮いて大原志

餅屋来て蕗売のきて大原志

ゑんどうのにぎやかな揺れ摘みにけり

じゃがたらの花浮き喉の渇く日ぞ

枝蛙しづくの翅を咥へをり

甲斐・境川　五句

山廬いま欅大樹の青嵐

涼風に立つや龍太の筆二本

深く踏む龍太が留守の竹落葉

袋掛普羅の白根を真向かひに

はうたうを堪能したる汗青し

分蘗の進む早さよほととぎす

みづうみを圧さんばかりや梅雨の雲

草刈機ペットボトルを弾き出す

水無月やひしめく鯉の腹黄ばみ

売り声の高くをさなく鉾ちまき

鉾を待つ万の団扇をひたあふぎ

序破急の急へと辻の鉾囃子

欄の尻大揺れさゆれ鉾回し

屛風祭格子に顔を押し当てて
ひと揺れもせぬ船鉾に上がりけり

鰣鮓の熟れてみづうみしろがねに

昼顔の蔓ひるがほの花を締め

悼　若狭にて

師の訃来るひぐらし谷の深きまで

下駄履きしまま秋風にまぎれしか

草市にしゃがめば母の顔そこに

鶏頭の大ぶり挿して父の墓

ざりがにの畦に来てゐる盆の月

丹田をぐいと落として南瓜割る

満月へぬた場の猪の泥しぶき

師を偲ぶ会を終へて

桂郎か器のこゑか鉦叩

桂郎へ供へしくわりんすぐ傾ぐ

芋の露ふるへだしたる太鼓かな

悼　野沢しの武兄

寒露美し君子の交をつらぬきて

みづうみの水かげろふに柿を干す

どんぐりのめり込んでゐるひづめ跡

横に飛ぶ比良の木の葉や蕎麦を打つ

蕎麦旨しあふみの蕪漬うまし

高々と茎石積んで湖北なる

里神楽おかめ佳境の腰を振る

川涸れて骨の自転車骨の傘

田の氷ペットボトルの腰を抱き

何におどろく冬帽の中也の目

餅搗くと臼に莚を噛ませけり

煤梁に届かんばかり餅の杵

水鳥の日差しに開く初日記

なやらひの庫裡よりどつと湯気柱

追儺の炎真鯉の水にをどりをり

Ⅳ

58句

打つたびに二月の鍬のひかり増す

春一番小石が靴に入りたがる

豆ひひな尻押し合うて貝の上

補陀落を目指す貝雛もあらん

雛の忌の雨なら傘をささずとも

下萠をひつ掻き脚立するゐらるる

がらがらと馬穴の田螺摑み見せ

ゐんどうの蔓芽に稭を垂らしけり

桜しべ降り観世音また古ぶ

御忌の僧さへづる如く唱へ出づ

いもぼうの芋の曲がりも法然忌
橋くぐる遊びを雨のつばくらめ

あかときの雫を振つて蜻蛉生る

鯉の背を走り抜けたるあめんぼう

青蘆をゆさぶり来る投網打

瀬しぶきに触れむばかりや夏つばめ

くちなはの水のごとくに岩すべる
蛍見のなまぬるき顔ひと撫です

蛾の翅のふるへるままを掃き出せり

形代をまづ禿頭に出つ腹に

入れ食ひの鯵や原子炉温排水

原発の入江くらげのもう湧いて

咥へ煙草が皮はぎを糶り落とす

観音と原子炉を抱き山滴る

原子炉は永久に眠らず夏の月

ずりずりと畳につぶす夜の蟻

腰蚊遣右にひだりに畝作り

せせらぎの沁み入る寝莫蓙巻きにけり

草市や地べたの上を銭渡り

盆唄のまづたましひを呼ばむ声

地蔵会の西瓜どの子も撫でにくる

地蔵会の抱き回さるる赤子かな

心経をとほくに鮎の錆びゆくか

月遅れの師の忌に

秋風を見送る下駄を揃へけり

刈草をずらすやちちろ騒然と

夜上がりの茎ぬめぬめと曼殊沙華

すつぽんのもんどりうつて落し水

コンビニのうしろにぬつと稲架襖

むかご焼く若狭の酒は竹筒に

宮入を鉦が急かしぬいわし雲

宮入の笛にひと吹き新走り

何やかや隣へ詫びに野分晴

小豆摘むといふより媼むしり取る

鵙の贄蛙の股のまだ白く

ひよどりの鳴くたび蓮の破れ深む

落ち果てて鮎あはうみにうらがへる

濁声のかたまり過る花やつで
冬ざくら音なく沖のたかぶれる

波郷忌の白こそよけれ冬椿

くつさめのあとの目鼻を寄せもどす

焼藷を割り難問に額寄す

鴨の水尾にほの水輪のうち混じり

をみならに成人の日の弓袋

肩脱ぎのしらじらしくも弓始

いつせいに放つや戦場めく射初

どの靴も草くづ付けて注連貫

みづうみのはたて湯気噴くどんどかな

ことごとくみづうみへ発つ火の吉書

V

58句

寒明の音の初めの雨しづく

二月来る赤き袴をひるがへし

あはうみに食ひ込んでゐる雪解川

下萌や鍬に楔の新しく

初蝶にいきなり天地返しの鍬

石の音させて田螺を洗ふなり

田螺和楊枝につつき昼を酔ふ

瀬頭に朝の来てゐる蕗のたう

なぞへ畑ころがる芋を植ゑにけり

雨ながら雲の明るきひひなの忌

夕風にゆるりゆらりと吊し雛
潮垂れの若布を提げて檀那寺

庭に干す若布くぐりて宅配便
干しあげて風のかろさの若布かな

干し若布にぎり砕きて飯のうへ

若布刈竿乾ききつたる桜かな

裁ち鋏にははが爪切る蕗の花

かげろふの深きをいまも父の鍬

玉葱のつかの間の艶吊しけり

水番のコンクリの畦よろけ来る

清瀬にて　二句

若葉風試歩の波郷とすれ違ふ

外気舎を覗く十薬踏み荒らし

新じゃがのひかりの玉を掘り起こす

父の日の堆肥の湯気にむせ返る

負蜘蛛の繭の如くに転がれる

悼　福田周草翁

青梅雨の那須野へ発たれ蓑と笠

高浜祭　八句

祭来と鯖の頭を刎ねにけり

大樽にビール百缶ぶち込んで

神輿発つ原発見ゆる入江まで

篝目の浜の真中に神輿据ゑ

太刀振りの二人の汗の横っ飛び

砂跳ばし汐踏みしだき祭足袋

荒波も加勢ぞ神輿三つ巴

荒神輿去んでしまひし蟹の穴

七月二十六日

おはぐろの庭に来てをり師の忌なり
ちちろ虫ちらして畝の草を抜く

寸断の藁が刈田を埋め尽くす

名月へ捨田の芒挿しにけり

野分来となんでんかんでん括りをり
速達が畦の蝗を飛ばし来る

棚田から日本海へ堰外す
見えぬ火が籾殻の山のぼりゆく

煙茸よつてたかつて吐かさるる
くわつと指嚙まれさうなる石榴もぐ

石当てて秋の名残の鍬の音

落葉踏み還るといふはよき言葉

枝打ちの落としたる枝に足おろす

花やつで蠅のたぐひの虫ばかり

冬空が鍬打つたびに圧してくる

白鳥の雪の稽を啄めり

白鳥の汚れちらばる雪の上
白鳥のうしろこまごま鴨過る

みづうみの闇ひたひたと鴨雑炊

初風呂の臀のたるみを何とせう

依代の笹のよぢれも残り福

吉兆を弓手にうどん立ち喰ふも

掘り上げて茅舎の寒の土筆これ
磨かれてなやらひを待つ柱かな

あとがき

『凡海』は『志楽』に続く私の第三句集です。平成二十四年から令和二年の前半までの三〇〇句余りをおさめました。「凡海」は私の住んでいる舞鶴の海、ひいては若狭の海の古名です。「凡」には風のようにすべてにゆきわたるの意味があります。古人は大陸の文化と繋がり、豊かな海の幸をもたらすおおらかな海としてそう呼んだのではないかと考えています。

また私の名〈うみを〉とも重なり、広やかな心で俳句に向き合いたいと思い句集名としました。作品を成すにあたり、よき先輩、よき友に刺激をいただきました。そして三十年にわたり私を叱咤激励してくださった神蔵器先生ありがとうございました。

令和二年秋　若丹山荘にて

南　うみを

著者略歴

南うみを（みなみ・うみを）

昭和26年　鹿児島県生まれ、本名　東中川和幸
平成元年　「風土」入会
　　　　　神蔵器に師事
平成28年　神蔵器より「風土」主宰を継承

句集『丹後』（第24回俳人協会新人賞）、『志楽』、

『自註現代俳句南うみを集』

俳人協会幹事

現住所　〒625-0022　舞鶴市安岡町26-2

●初句索引

あ行

青蘆を　一二〇
青梅雨の　一五七
赤鱏を　一二三
あかときの　一一九
赤腹が　一一九
秋風を　一二九
朝日子に　七九
蘆枯れて　三六
小豆摘む　一三四
畦焼いて　七
新しき　七九
穴惑　六四
雨ながら　一四九
あめんぼう　五一
鮎苗に　八
荒草の　四七
荒波も　一六一
荒神輿　一六一
あはうみに　一四六
活いさざ　四五
いさざ簗　四五
石当てて　一六七
石の音　一四七
いたどりを　八四
一木に　五七
いつせいに　一四〇
いま落ちし　六八
芋の露　一〇一
いもばうの　一一八
入れ食ひの　一二三
鰯来よ　四四
魚嗅ぎし　一五
浮かび出て　七一
浮寝鳥　七二
打つたびに　一一三
売り声の　九三
枝打ちの　一六八
枝蛙　八八
枝にちよと　五二
縁側に　七三
遠足の　五〇
炎天へ　二八
ゐんどうの
　—にぎやかな揺れ　八七
　—蔓芽に稭を　一一六
大樽に　一五八
おしやべりは　一〇
襲はれし　四六
落ち果てて　一三五
落葉踏み　一六七
鬼嶽の　六四
おはぐろの　一六二
をみならに　一三九
檻罠の　三三

か行

外気舎を　一五五
牡蠣啜る　七五
牡蠣割の　七五
陰干しの　二五
かげろふの　一五三
頭芋　七二
かすみとも　八三
風荒き　一一三
片足を　六二
形代を　一二二
肩脱ぎの　一三九
くわつと指　一六六
かつとりの
　—鮎がもつとも　一九
　—鮎濃く匂ふ　二六
かなかなの　五八
金気水　四三
蛾の翅の　一二二
南瓜蔓　五三
鴨の水尾　一三八
がらがらと　一一六
からすのゐんどう　一七

さ行

た行

な行

は行

朴若葉　五一
ほきほきと　六六
鉾を待つ　九三
干しあげて　一五一
干し若布　一五二
蛍見の　一二一
掘り上げて　一七三
盆唄の　一二七

ま行

負蜘蛛の　一五七
ましら酒　一三二
祭来と　一五八
豆ひひな　一一四
満月へ　一〇〇
見えぬ火が　一六五
磨かれて　一七三
神輿発つ　一五九
みづうみの
—水かげろふに　一〇二
—はたて湯気噴く　一四一
—闇ひたひたと　一七一
みづうみを　九一
水鳥の　一〇八
水番の　一五四
溝浚へ　二〇
水無月や　九二
宮入の　一三三
宮入を　一三二
茗荷の子　二六
深吉野の　一二
むかご焼く　一三二
虫を喰ふ　五九
名月へ　一六三
芽起しの　七
若布刈竿　一五二
鵙の贄　一三四
餅搗くと　一〇七
餅屋来て　八六

や行

焼藷を　一三八
山羊は眼を　六〇
野菜くづ　六九
夕凪に　一五〇
夕採りの　六三
雪吊の　三七
柚子梯子　六七
夜上がりの　一三〇
横に飛ぶ　一〇三
夜店の灯　二七
依代の　一七二

ら行

欄の尻　九四
涼風に　八九
凛々と　五八

わ行

若葉風　一五五
早稲咲くと　六一
渡し板　六二
綿虫に　六八
綿虫の　三五

季語索引

春

時候

〔春〕
伸びることうれしき春の蚯蚓かな　一〇
〔二月〕
打つたびに二月の鍬のひかり増す　一三
二月来る赤き袴をひるがへし　一四五
〔寒明〕
寒明の音の初めの雨しづく　一四五

天文

〔春光〕
にほどりの春の光を抜けられず　八三
〔朧〕
桜島おぼろに遠し骨移し　四七
〔春風〕
春風の出で入る網を繕へり　八〇
〔春一番〕
春一番小石が靴に入りたがる　一一三
〔春の霰〕
荒草の春のあられを撥ねどほし　四七
〔霞〕
かすみとも霾ぐもりともあはうみは　八三
〔陽炎〕
かげろふの深きをいまも父の鍬　一五三

地理

〔水温む〕
金気水温む光琳模様なる　四三
〔雪解〕
あはうみに食ひ込んでゐる雪解川　一四六

生活

〔花菜漬〕
花菜漬辛し兄焼く煙濃し　四四

【田螺和】
田螺和楊枝につつき昼を酔ふ　一四八
【草餅】
田明かりに食ぶ直会の草の餅　八四
【野焼】
野を焼いて不思議な穴のあらはるる　一三
【畑焼く】
畦焼いてけものの如く服を嗅ぐ　七
【芋植う】
なぞへ畑ころがる芋を植ゑにけり　一四九
【上り簗】
上り簗打つて鴉の骸吊る　八
【鮎汲】
鮎苗に雪の匂ひのかすかなる　八
小鮎選る指生き生きとちまちまと　一六
【海苔搔】
海苔搔の老斑にして岩を跳ぶ　一四
【遠足】
遠足の靴より砂が出るわ出るわ　五〇
【卒業】
雲の子のつぎつぎ湧いて卒業す　八一

行事

【雛祭】
豆ひひな尻押し合うて貝の上　一一四
補陀落を目指す貝雛もあらん　一一四
夕風にゆるりゆらりと吊し雛　一五〇
【立子忌】
雛の忌の雨なら傘をささずとも　一一五
雨ながら雲の明るきひひなの忌　一四九
【涅槃会】
なめくぢの目鼻なく哭く涅槃変　九
【御忌】
御忌の僧さへづる如く唱へ出づ　一一七
いもばうの芋の曲がりも法然忌　一一八
【三鬼忌】
三鬼忌の草餅めうにねばりつく　八二
【虚子忌】
風荒きさくらの樹なり虚子忌なり　一三
一人だけ膝を崩さぬ虚子忌かな　四八
【春志】
春志の祝詞流るるみどりかな　八五

動物

[蛙]
呑まれゆく蛙や脚を真つ直ぐに　一七
[花鳥]
花鳥にならむと雀もぐり込む　四九
[雲雀]
ひばり揚がる声がひかりに変はるまで　一一
ひばり野の果に眠らせて貰ふ　四八
[燕]
堰の水ゆたかに濁り初つばめ　八一
橋くぐる遊びを雨のつばくらめ　一一八
[鳥雲に入る]
新しき地下足袋に泥鳥雲に　七九
[鰆]
鰆てふ光の棒を提げ来たる　四九
[田螺]
がらがらと馬穴の田螺摑み見せ　一一六
石の音させて田螺を洗ふなり　一四七
[初蝶]
初蝶にいきなり天地返しの鍬　一四七

植物

[紅梅]
紅梅の明かりに鯉のもみあへる　四六
[椿]
魚嗅ぎし鼻を椿に押しつける　一五
[桜]
若布刈竿乾ききつたる桜かな　一五二
[花]
熊ん蜂うなりて花を鷲づかみ　一四
猪噴きし穴に花びら吹き溜まり　一六
[残花]
残花たどれば信長の焼きし寺　一五
[桜蘂降る]
桜しべ降り観世音また古ぶ　一一七
[木の芽]
芽起しのこゑのぼりゆく父祖の山　七
[葱坊主]
葱坊主いまだをのこのしるしほど　一一
[茎立]
遺されて兄の蕪の茎立てる　四三

[下萌]
下萌をひつ掻き脚立すゑらるる　一一五
下萌や鍬に楔の新しく　一四六
[土筆]
こそばいぞ蟻はひ歩くつくしんぼ　八二
[虎杖]
いたどりを嚙めば明史の来てゐたり　八四
[蕨]
深吉野の太き蕨を狩り残し　三一
[ものの芽]
ゑんどうの蔓芽に稭を垂らしけり　一一六
[犬ふぐり]
おしやべりはおしまひ雨のいぬふぐり　一〇
朝日子に寝ぼけ眼のいぬふぐり　七九
[蕗の薹]
蕗の姥入江は光もて余し　八〇
瀬頭に朝の来てゐる蕗のたう　一四八
裁ち鋏にははが爪切る蕗の花　一三三
[嫁菜]
君嫁菜吾からし菜の握り飯　三二
[蘆の角]
襲はれし羽根蘆牙に散らばれる　四六
[若布]
潮垂れの若布を提げて檀那寺　一五〇
庭に干す若布くぐりて宅配便　一五一
干しあげて風のかろさの若布かな　一五一
干し若布にぎり砕きて飯のうへ　一五二

夏

時候

[五月]
からすのゑんどう聳ゆる五月来たりけり　一七
[水無月]
水無月やひしめく鯉の腹黄ばみ　九二
[土用]
かつとりの鮎濃く匂ふ土用かな　二六
[涼し]
腹ばひの涼しさわれに羊らに　二四

天文

[夏の月]
原子炉は永久に眠らず夏の月　一二五

【青嵐】
山廬いま欅大樹の青嵐　八八
【涼風】
涼風に立つや龍太の筆二本　八九
【梅雨】
南瓜蔓はひ廻りゐる梅雨の底　五三
【青梅雨】
青梅雨の那須野へ発たれ蓑と笠　一五七
【梅雨曇】
みづうみを圧さんばかりや梅雨の雲　九一
【炎天】
炎天へ原子炉ドーム白光す　二八

地理

【夏の山】
観音と原子炉を抱き山滴る　一二四
【滴り】
注連縄にひとたび消えて滴れり　五四
【滝】
瀧飛沫かかる祠へ生卵　五四
瀧風に折れて捩れて護摩けむり　五五
護摩けむり身に擂りこんで瀧垢離へ　五六
瀧垢離にいつさい音の無かりけり　五六
瀧垢離を終へたる足の浮くごとし　七七

生活

【鮓】
鮒鮓の熟れてみづうみしろがねに　九六
【ビール】
大樽にビール百缶ぶち込んで　一五八
【寝茣蓙】
せせらぎの沁み入る寝茣蓙巻きにけり　一二六
【円座】
護摩行の僧を待ちわぶ円座かな　五五
【蚊遣火】
箒十蚊遣十巻寺掃除　五三
腰蚊遣右にひだりに畝作り　一二六
【溝浚え】
溝浚へ泥がどぢやうにざりがにに　二〇
【水番】
水番のコンクリの畦よろけ来る　一五四
【草刈】
草刈機ペットボトルを弾き出す　九二

[袋掛]
袋掛普羅の白根を真向かひに　九〇
[夜店]
夜店の灯地べた座りの膝照らす　一七
[蛍狩]
在五忌をきのふに蛍狩りにけり　二二
蛍見のなまぬるき顔ひと撫です　一二一
[汗]
はうたうを堪能したる汗青し　九〇
太刀振りの二人の汗の横つ飛び　一六〇

行事

[母の日]
母の日のははの足あと田に深し　二二
[父の日]
父の日の堆肥の湯気にむせ返る　一五六
[原爆の日]
一木に蟬のひしめく原爆忌　五七
[祭]
祭来と鯖の頭を刎ねにけり　一五八
神輿発つ原発見ゆる入江まで　一五九
箒目の浜の真中に神輿据ゑ　一五九
砂跳ばし汐踏みしだき祭足袋　一六〇
荒波も加勢ぞ神輿三つ巴　一六一
荒神輿去んでしまひし蟹の穴　一六一
[大原志]
蕗の葉の吹かるる大原詣かな　八五
手を引けば児の足浮いて大原志　八六
餅屋来て蕗売のきて大原志　八六
[祇園会]
売り声の高くをさなく鉾ちまき　九三
鉾を待つ万の団扇をひたあふぎ　九三
序破急の急へと辻の鉾囃子　九四
欄の尻大揺れさゆれ鉾回し　九四
屛風祭格子に顔を押し当てて　九五
ひと揺れもせぬ船鉾に上がりけり　九五
[夏越]
形代をまづ禿頭に出つ腹に　一二二

動物

[雨蛙]
枝蛙しづくの翅を咥へをり　八八
[蛇]
くちなはの朽葉もたげて出るところ　九

くちなはの水のごとくに岩すべる　一二一
[時鳥]
分蘗の進む早さよほととぎす　九一
[燕の子]
早起きをせよと子燕鳴き呉るる　五〇
[夏燕]
瀬しぶきに触れむばかりや夏つばめ　一二〇
[赤腹]
赤腹が田螺の殻を蹴りすすむ　一九
[鮎]
かつとりの鮎がもつとも跳ねてをり　一九
黒板に「鮎簗掃除午前四時」　二五
[鰺]
入れ食ひの鰺や原子炉温排水　一二二
[飛魚]
仲買人飛魚の翅拡げもし　二四
[皮剝]
咥へ煙草が皮はぎを糶り落とす　一二四
[赤鱏]
赤鱏を跨ぎて次の箱を糶る　二三
[水母]
原発の入江くらげのもう湧いて　一二三
[蛾]
蛾の翅のふるへるままを掃き出せり　一二二
[水馬]
あめんぼう浮葉に脚を掛けもして　五一
鯉の背を走り抜けたるあめんぼう　一一九
[蟬]
歯ぎしりの如き詩が欲し蟬時雨　二八
[蜻蛉生る]
あかときの雫を振つて蜻蛉生る　一一九
[川蜻蛉]
おはぐろの庭に来てをり師の忌なり　一六二
[蟻]
ずりずりと畳につぶす夜の蟻　一二五
[蜘蛛]
負蜘蛛の繭の如くに転がれる　一五七

植物

[青梅]
枝にちよと籠ひつかけて実梅もぐ　五二
[若葉]
朴若葉もつとも高き風を生み　五一
若葉風試歩の波郷とすれ違ふ　一五五

[茂]
茂りよりうかがふ眼あり匂ひあり　五二
[竹落葉]
深く踏む龍太が留守の竹落葉　八九
[竹の皮脱ぐ]
竹皮を港は霽を脱ぎにけり　一八
[若竹]
少年のための図書館今年竹　三
[馬鈴薯の花]
じやがたらの花浮き喉の渇く日ぞ　八七
[豌豆]
きゆつきゆつと鳴くきぬさやを袋詰め　一八
ゑんどうのにぎやかな揺れ摘みにけり　八七
[トマト]
団塊と呼ばれトマトに塩を振る　二七
[新馬鈴薯]
新じやがの小粒や蒸して味噌ぬつて　三
新じやがのひかりの玉を掘り起こす　一五六
[玉葱]
玉葱のつかの間の艶吊しけり　一五四
[茗荷の子]
茗荷の子ちやんと真つ直ぐ出てきなさい　二六
[草いきれ]
草いきれ尽きたる闇が在五の墓　三三
[青蘆]
青蘆をゆさぶり来る投網打　一二〇
[夏蓬]
夏よもぎひよいと勉が顔を出し　二〇
[昼顔]
昼顔の蔓ひるがほの花を締め　九六
[十薬]
陰干しの下着のしづく十薬に　二五
外気舎を覗く十薬踏み荒らし　一五五

秋

時候

[寒露]
寒露美し君子の交をつらぬきて　一〇二
[行く秋]
石当てて秋の名残の鍬の音　一六七

天文

[鰯雲]
宮入を鉦が急かしぬいわし雲　一三一
[盆の月]
ざりがにの畦に来てゐる盆の月　九九
[名月]
満月へぬた場の猪の泥しぶき　一〇〇
名月へ捨田の芒挿しにけり　一六三
[後の月]
檻罠のどおんどおんと十三夜　三三
[秋風]
山羊は眼を豚は尻尾を秋風に　六〇
下駄履きしまま秋風にまぎれしか　九七
秋風を見送る下駄を揃へけり　一二九
[野分]
何やかや隣へ詫びに野分晴　一三三
野分来となんでんかんでん括りをり　一六四
[露]
芋の露ふるへだしたる太鼓かな　一〇一

地理

[刈田]
寸断の藁が刈田を埋め尽くす　一六三
[落し水]
すつぽんのもんどりうつて落し水　一三一
棚田から日本海へ堰外す　一六五

生活

[干柿]
みづうみの水かげろふに柿を干す　一〇二
[新酒]
宮入の笛にひと吹き新走り　一三三
[猿酒]
ましら酒若狭丹後と舐め比べ　三三
[稲刈]
コンバイン様の残せし稲を刈る　三一
深田刈る腰の藁束揺れどほし　六一
片足を田に沈めつつ稲束ね　六二
渡し板継いで深田の稲はこぶ　六二
深田刈り終へたる顔の泥ぬぐふ　六三

[稲架]
コンビニのうしろにぬつと稲架襖　一二
[籾]
見えぬ火が籾殻の山のぼりゆく　一六五
[秋収め]
生焼けの瓜がごろりと畑終ひ　二四
[豆引く]
小豆摘むといふより嫗むしり取る　一二四

行事

[終戦記念日]
熊蟬の尿降る八月十五日　二九
[草の市]
草市にしやがめば母の顔そこに　九八
草市や地べたの上を銭渡り　一二七
[踊]
盆唄のまづたましひを呼ばむ声　一二七
[地蔵盆]
地蔵会の西瓜どの子も撫でにくる　一二八
地蔵会の抱き回さるる赤子かな　一二八

動物

[猪]
芒叢猪の匂ひの洩れきたる　一二
[蛇穴に入る]
穴惑そこは鬼棲む洞なるぞ　六四
[鵙の贄]
鵙の贄蛙の股のまだ白く　一二四
[落鮎]
心経をとほくに鮎の錆びゆくか　一二九
落ち果てて鮎あはうみにうらがへる　一三五
[蜩]
かなかなのあれはたましひこする音　九八
師の訃来るひぐらし谷の深きまで　九七
[蜻蛉]
虫を喰ふやんまの顎がすぐそこに　五九
[蟋蟀]
刈草をずらすやちちろ騒然と　一三〇
ちちろ虫ちらして畝の草を抜く　一六二
[鉦叩]
桂郎か器のこゑか鉦叩　一〇〇

[蝗]
速達が畦の蝗を飛ばし来る　一六四
[蟷螂]
蟷螂の貌を逆さに怒りけり　三〇

植物

[熟柿]
熟柿吸ひつくしたる嘴抜きにけり　三三
[石榴]
くわつと指嚙まれさうなる石榴もぐ　一六六
[柚子]
柚子梯子掛けんと幹をひと巡り　六七
[榠樝の実]
いま落ちしくわりん園丁より貰ふ　六八
桂郎へ供へしくわりんすぐ傾ぐ　一〇一
[橡の実]
橡の実を晒し鬼棲む里に老ゆ　六五
[団栗]
どんぐりのめり込んでゐるひづめ跡　一〇三
[鶏頭]
鶏頭の大ぶり挿して父の墓　九八

[南瓜]
丹田をぐいと落として南瓜割る　九九
[冬瓜]
夕採りの火照る冬瓜こそ父へ　八三
[茘枝]
苦瓜の垂れはうだいに逝かれけり　六〇
[芋]
帰心ふと芋の葉のみな深く裂け　三四
土塊を掘つて砕いて芋摑む　六六
ほきほきと子芋孫芋はづしけり　六六
髭ちよろと子芋何やらふぐりめく　六七
[芋茎]
ひと振りに芋茎刈つたるしぶきかな　六五
[零余子]
むかご焼く若狭の酒は竹筒に　一一三
[間引菜]
ひと籠の摘まみ菜茹でてこんなもの　五九
[茗荷の花]
ははに色あらば茗荷の花の色　二九
[早稲]
早稲咲くと鼻がむずむずしてきたる　六一

[豇豆]
十六ささげ十六豇もて括る　三〇
[敗荷]
ひよどりの鳴くたび蓮の破れ深む　一三五
[薄]
鬼嶽の風の芒の太短か　六四
[曼珠沙華]
凜々とをののく雨のまんじゆさげ　五八
夜上がりの茎ぬめぬめと曼殊沙華　一三〇
[溝蕎麦]
すつぽんが来る溝蕎麦を踏みしだき　三一
[茸]
煙茸よつてたかつて吐かさるる　一六六

冬

時候

[小春]
浮かび出て小春の鳰と申しけり　七一
[大晦日]
縁側に大歳の鍬寝かせけり　七三
[寒の内]
掘り上げて茅舎の寒の土筆これ　一七三

天文

[冬の空]
冬空が鍬打つたびに圧してくる　一六九
[時雨]
浮寝鳥しぐるるたびに遠くなる　七二

地理

[冬田]
野菜くづ花とちらして冬田かな　六九
[水涸る]
川涸れて骨の自転車骨の傘　一〇五
[氷]
田の氷ペットボトルの腰を抱き　一〇六

生活

[膝掛]
膝掛をどうぞ水鳥観察所　七一
[冬帽子]
何におどろく冬帽の中也の目　一〇六

【茎漬】
高々と茎石積んで湖北なる　一〇四
【雑炊】
みづうみの闇ひたひたと鴨雑炊　一七一
【焼藷】
焼藷を割り難問に額寄す　一三八
【餅搗】
餅搗くと臼に莚を嚙ませけり　一〇七
煤梁に届かんばかり餅の杵　一〇七
【雪吊】
雪吊のまづ雨粒を弾きけり　三七
【猪狩】
猪猟へ火をいつせいに踏みつぶす　三七
猪撃ちの髭の凍つてをりにけり　三八
猪担ぎくる耳当ての二三人　三八
猪臭し猪引きずりし雪もまた　三九
【牡蠣剝く】
牡蠣割のふり向きざまに手を焙る　七五
【枝打】
枝打ちの落としたる枝に足おろす　一六八
【歯朶刈】
歯朶刈るやこほりの雫うち払ひ　七三
【嚔】
くつさめのあとの目鼻を寄せもどす　一三七
【日向ぼこ】
推敲か日向ぼこかと問はれたる　三六
きらきらと日向ぼこりの涎かな　七〇

行事

【追儺】
なやらひの庫裡よりどつと湯気柱　一〇八
追儺の炎真鯉の水にをどりをり　一〇九
磨かれてなやらひを待つ柱かな　一七三
【神の旅】
かはらけのへらへら飛んで神の留守　三五
【里神楽】
里神楽おかめ佳境の腰を振る　一〇五
【終大師】
頭芋ごろりと盛つて果大師　七二
【波郷忌】
波郷忌の白こそよけれ冬椿　一三七

動物

【鴨】
鴨の水尾にほの水輪のうち混じり　一三八

【白鳥】
白鳥の雪の稽を啄めり　一六九
白鳥の汚れちらばる雪の上　一七〇
白鳥のうしろこまごま鴨過る　一七〇

【鱎】
鱎来よ川底の石均しては　四四
いさざ簗仕上げは大き石を乗せ　四五
活いさざ嚙むやほのかに藻の匂ふ　四五

【牡蠣】
牡蠣啜る殻を三途の石と積み　七五

【綿虫】
綿虫の浮いて珈琲欲しくなる　三五
綿虫にはげしき翅音ありにけり　六八

植物

【冬桜】
冬ざくら音なく沖のたかぶれる　一三六

【八手の花】
濁声のかたまり過る花やつで　一三六
花やつで蠅のたぐひの虫ばかり　一六八

【木の葉】
木の葉飛ぶマクドナルドの紙も飛ぶ　七〇
横に飛ぶ比良の木の葉や蕎麦を打つ　一〇三

【落葉】
落葉踏み還るといふはよき言葉　一六七

【朴落葉】
朴落葉流れ堰きつつ押されくる　六九

【蕪】
蕎麦旨しあふみの蕪漬うまし　一〇四

【枯蘆】
蘆枯れて中洲に芥乗り上げて　三六

新年

時候

【三日】
大根を抜きに三日の畦を踏む　七四

吉兆を弓手にうどん立ち喰ふも　一七二

生活

［初湯］
初風呂の臀のたるみを何とせう　一七一
［日記始］
水鳥の日差しに開く初日記　一〇八
［破魔弓］
たこ焼を口に破魔矢の値踏みする　七四

行事

［弓始］
肩脱ぎのしらじらしくも弓始　一三九
いつせいに放つや戦場めく射初　一四〇
［成人の日］
をみならに成人の日の弓袋　一三九
［注連貫］
どの靴も草くづ付けて注連貫　一四〇
［左義長］
みづうみのはたて湯気噴くどんどかな　一四一
ことごとくみづうみへ発つ火の吉書　一四一
［十日戎］
依代の笹のよぢれも残り福　一七二

令和俳句叢書

句集　凡海《おおしあま》

二〇二〇年九月一五日第一刷
定価＝本体二八〇〇円＋税

●著者——南　うみを
●発行者——山岡喜美子
●発行所——ふらんす堂
〒一八二—〇〇〇二東京都調布市仙川町一—一五—三八—二F
ＴＥＬ〇三・三三二六・九〇六一　ＦＡＸ〇三・三三二六・六九一九
ホームページ　http://furansudo.com/　E-mail　info@furansudo.com

●装幀——和　兎
●印刷——日本ハイコム株式会社
●製本——株式会社松岳社

落丁・乱丁本はお取替えいたします。
ISBN978-4-7814-1292-4 C0092 ¥2800E